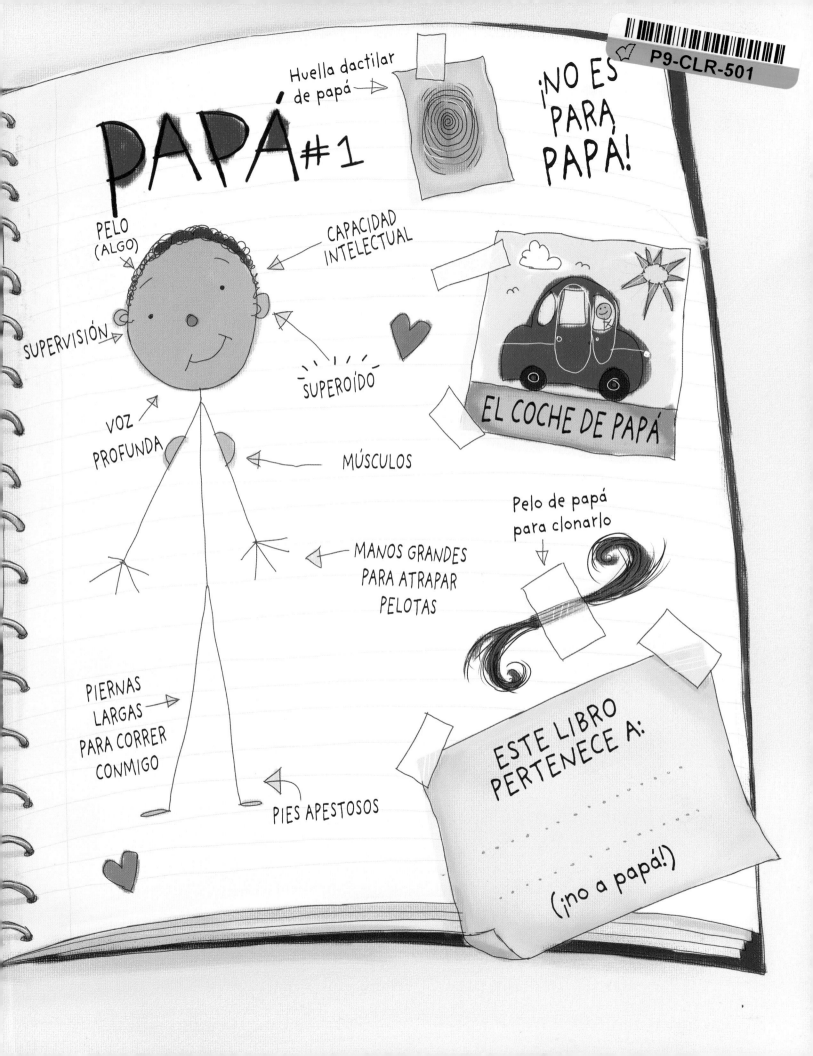

Cómo sorprender

a tu papá

Texto: **Jean Reagan**   Ilustraciones: **Lee Wildish**

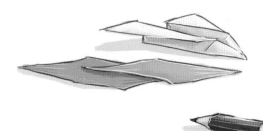

Picarona

Para el papá de John y Jane
(¡SORPRESA!) —J.R.

Ivy, tú me sorprendes todo el tiempo.
Te quiero. Papá. —L.W.

Puedes consultar nuestro catálogo en www.picarona.net

CÓMO SORPRENDER A TU PAPÁ
Texto: *Jean Reagan*
Ilustraciones: *Lee Wildish*

1.ª edición: noviembre de 2017

Título original: *How to Surprise a Dad*

Traducción: *Raquel Mosquera*
Maquetación: *Isabel Estrada*
Corrección: *Sara Moreno*

© 2015, Jean Reagan y Lee Wildish
(Reservados todos los derechos)
Título publicado por acuerdo con Random House Children's Books,
una división de Penguin Random House LLC.
© 2017, Ediciones Obelisco, S. L.
(Reservados los derechos para la lengua española)

Edita: Picarona, sello infantil de Ediciones Obelisco, S. L.
Collita, 23-25. Pol. Ind. Molí de la Bastida - 08191 Rubí - Barcelona - España
Tel. 93 309 85 25 - Fax 93 309 85 23
E-mail: picarona@picarona.net

ISBN: 978-84-9145-111-2
Depósito Legal: B-23.217-2017

Printed in Spain

Impreso en España por ANMAN, Gràfiques del Vallès, S. L.
C/ Llobateres, 16-18, Tallers 7 - Nau 10, Polígon Industrial Santiga
08210 - Barberà del Vallès (Barcelona)

¡Chsss!
Para sorprender a tu papá tienes que ser muy astuto.

En primer lugar,
no le dejes ver este libro.

CÓMO ESCONDER
ESTE LIBRO:

Envuélvelo en papel
y cúbrelo de dibujos,
¡así nunca sabrá que va sobre <u>él</u>!

Métebo entre esos libros
aburridos que nadie lee nunca.

¿Dónde está el libro del
hipopótamo con lunares?
guiño, guiño

Invéntate un nombre secreto,
como «hipopótamo con lunares».
(¡No te olvides de guiñar el ojo
cuando lo digas!).

Puede que ya se te den bien las sorpresas, pero ¿quieres
ser un experto sorprendiendo a papá? ¡Genial!
Por suerte, *cualquier* día es perfecto para sorprender a
papá y puedes hacerlo de muchas formas diferentes.

Algunas sorpresas las ELABORAS tú mismo:

Dibuja corazones y
escóndelos por todas partes.

Haz un papá de nieve.

Invéntate algo asombroso,
sólo para él.

Otras sorpresas, se HACEN:

Prepárale su cepillo
de dientes.

Reorganiza
sus zapatos
y sombreros.

Ayúdale con la compra.

Si quieres hacerle reír,
camina y habla
como tu papá

Hay sorpresas que ni las *elaboras* ni las *haces*.
En vez de eso...

…las ENCUENTRAS.

CÓMO ENCONTRAR SORPRESAS:

Mira hacia arriba, hacia abajo,
debajo de las cosas y a tu alrededor.

Quédate totalmente
quieto y escucha.

Cava un agujero,
busca en la arena
o levanta las hojas.

Los niños tienen buen ojo para la naturaleza (los papás,
no tanto), así que sorpréndele cuando encuentres:

Una oruga mordisqueando una hoja; una ardilla que se esconde en un árbol;

dientes de león para hacer un ramo; una piedra en forma de corazón;

un hormiguero con muchas muchas hormigas; gansos volando.

Ahora que eres un experto en sorpresas para un día cualquiera,
estás preparado para... ¡sorpresas para días especiales!
Éstas necesitan un poco más de organización (si a tu mamá se
le da bien guardar secretos, pídele ayuda).

DÍAS ESPECIALES PARA PAPÁS:

Su cumpleaños

Día del Padre

Felicidades

Bienvenido a casa

CALENDARIO

Ahora bien, no te olvides de esconder este libro y *¡chsssss!*

Si no quieres dejar a tu papá que lo lea,
pídele que haga esta promesa delante de las estrellas:

YO ♥ PAPÁ

Yo, Papá,
prometo no acordarme de nada
de lo que pone en este libro.
Especialmente de nada
que tenga que ver con sorpresas.

YO ♥ PAPÁ

PARA
LAS GALLETAS
FAVORITAS
DE PAPÁ

- harina
- chocolate
- huevos
- mantequilla
- más chocolate
- fideos de chocolate

¡PAPÁ, NO ENTRES!

VALE POR UNA LIMPIEZA DE HABITACIÓN.

REGALOS PARA PAPÁ

- ⊙ taladro
- ⊙ pelota
- ⊙ sombrero y bufanda
- ⊙ gomina
- ⊙ día de juegos

HOJA PARA PAPÁ

¡ALTO SECRETO!

PAPÁ + MAMÁ = YO

Primero, escoge cuándo le vas a dar la gran sorpresa
y decide a quién vas a invitar:

¿Sólo a tu familia?

¿A tus mascotas?   ¿A tus animales de peluche?

¿A sus amigos?   ¿A tus amigos?

¿A tus parientes?   ¿A los vecinos?

Después, decora con su color favorito. ¡Hazlo sencillo o vuélvete loco!
(No te olvides de reservar algunas ideas para la próxima vez).
Ahora tienes que organizar la parte más rica de la fiesta:
¡LAS GOLOSINAS!

Crea un postre que se parezca a tu papá.
Haz galletas con doble de pepitas de chocolate.

Es el día especial de tu papá,
así que asegúrate de que tienes sus cosas favoritas:

Patatas fritas picantes
Ostras ahumadas
Queso superapestoso.

¡No te olvides de los regalos!

REGALOS PARA PAPÁ:

Camisa y corbata
(en vez de envolverlas,
póntelas para darle una sorpresa
todavía más grande).

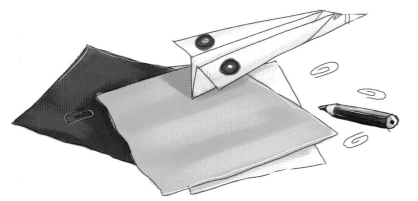

Todo lo necesario
para hacer juntos
aviones de papel.

Un mapa del tesoro
escondido en vuestro jardín.

MAPA

piedras grandes

árboles

estanque

tobogán

muro

gato

¡Vales!

(Consulta también: SORPRESAS PARA CUALQUIER DÍA que elaboras, haces o encuentras).

Si tu papá sospecha y pregunta:

Eh, ¿qué está pasando aquí?

Pon carita inocente
(practícala delante del espejo).

Di algo así como: «No pasa nada detrás de ti.
No deberías darte la vuelta».

Piensa rápido; ¡distráele con un baile alocado!

Cuando llegue el momento de la sorpresa,
asegúrate de que todo el mundo está escondido.
CÓMO ESCONDER A TODO EL MUNDO:

Entre los cuadros,
las plantas o los globos.

NARANJADA

¡Sorpresa!

Detrás de las cortinas,
del sofá o del perchero.

¡Sorpresa!

¡Sorpresa!

¡Miau!

Debajo de la mesa, de los cojines
o de las mantas.

Mientras esperáis a tu papá, practicad susurrando «¡Sorpresa!».

Muy bien, ahora *chsssss...*

Recuerda, de *todas* las sorpresas, las mejores y las más especiales
son las que ideas sólo para *tu* papá.